Du Gehst durch den Dschungel

Walking through the Jungle

Illustrated by Debbie Harter

German by Nick Barkow

mantra duets

Du gehst durch den Dschungel.

Walking through the jungle.

Du Gehst durch den Dschungel

Walking through the Jungle

Mantra Publishing
5 Alexandra Grove
London N12 8NU
http://www.mantrapublishing.com

Was siehst du da?

What do you see?

Ich glaub das ist ein Löwe,
der ist hinter mir her.

Du treibst auf dem Ozean.

Floating on the ocean.

Was siehst du da?

What do you see?

I think I see a whale, chasing after me.

Whoosh!

Zisch
und Sprüh!

Ich glaub das ist ein Wal,
der ist hinter mir her.

Du kletterst in den Bergen.

Climbing in the mountains.

Was siehst du da?

What do you see?

Ich glaub das ist ein Wolf,
der ist hinter mir her.

Du schwimmst im Fluss.

Swimming in the river.

Was siehst du da?

What do you see?

I think I see a crocodile, chasing after me.

Snap!

Schnap!

Ich glaub das ist ein Krokodil,
das ist hinter mir her.

Du treckst durch die Wüste.

Trekking in the desert.

Was siehst du da?

What do you see?

Ich glaub das ist eine Schlange,
die ist hinter mir her.

Du rutschst den Eisberg hinunter.

Slipping on the iceberg.

Was siehst du da?

What do you see?

I think I see a polar bear,
chasing after me.

Growl!

Uuuaaah!

Ich glaub das ist ein Eisbär,
der ist hinter mir her.

Lauf nach Hause zum Essen.

Running home for supper.

Wo bist du gewesen?

Where have you been?

Ich war in der ganzen Welt.

I've been around the world and back.

Und rate mal was ich gesehen habe!

And guess what I have seen.